한숨은 오늘까지만,
청춘들을 위한 따뜻한 위로

눈물 뚝,
배시시

글 MOCI

새.를.기.다.리.는.숲

각자 빛나는 시기가 다를 뿐, 힘들어도 내 인생이다.

만물이 푸른 봄철이라는 의미의 청춘은 싱그럽고 파릇파릇한 봄의 새싹처럼 열정이 느껴지는 시기입니다. 또한 누구나 한번은 겪는 뜨거운 질풍노도의 시간인 만큼 불안하기도 하고, 힘들기도 합니다.

인생에서 단 한 번뿐인 아름다운 시간, 청춘. 하지만 막상 청춘의 터널을 지날 때는 청춘의 아름다움과 소중함을 알지 못합니다. 열정보다는 힘듦이 먼저이고, 소중함보다는 불안함이 먼저 들기 때문이지요. 그렇다고 마냥 주저앉아 힘든 현실을 비탄할 수는 없습니다. 힘들다고 주저앉기에 청춘은 무한한 열정을 갖고 있거든요. 그래서 우리는 일어서야 하고, 일어설 수 있습니다.

지금 우리의 청춘은 극심한 취업난과 앞날에 대한 두려움과 불안함, 뜨거운 만큼 아픈 사랑과 이별, 내 뜻대로 되지 않는 것들에 대한 실망감과 좌절감에 멍들어 있습니다. 하지만 힘듦을 힘들다고 솔직히 이야기하는 것은 어렵습니다. 친구들한테 말하기에는 자존심 상하고, 부모님께는 이런 초라한 모습이 미안해서 그저 마음으로 끙끙 앓고 맙니다.

그래서 우리는 낙서를 합니다. 지금의 이 힘듦을 털어놓기 위해서이지요. 하지만 SNS에 글을 남기면 내가 쓴 글이라는 게 확인이 되기 때문에 아무도 알지 못하게 카페나 술집 등의 벽면, 테이블 등에 낙서를 합니다. 누구나 쓸 수 있는 불특정한 글이기에 더욱 솔직해질 수 있습니다. 나는 힘들고 괴로운 현재의 심정을 이야기함으로써 마음의 안정을 얻고, 읽는 사람은 글을 쓴 사람이 누구인지 알 수 없으나 나와 같은 고민을 하는 글을 보며 위안과 위로를 받게 됩니다. 이 시대의 시련은 나만의 것이 아니라 나와 함께 청춘을 보내고 있는 이들 모두 겪는 시련입니다. 그렇기 때문에 낙서를 통해 공감대가 형성되고, 애환이 공유되기도 합니다.

때로는 말보다 글이 강한 힘을 발휘할 때가 있습니다. "괜찮아. 괜찮아." 말로 하는 위로보다는 같은 고민을 하는 이들의 몇 줄의 낙서가 더욱 힘을 줄 수 있습니다.

《눈물 뚝, 배시시》에는 연애도, 사랑도, 취업도, 그 무엇 하나 내 뜻대로 되지 않는 이 시대 청춘들의 진심이 담겨 있습니다. 마음속 이야기로 서로를 응원해주는 글을 통해 마음이 따뜻해질 수 있습니다.

아픈 만큼 성숙한다는 말처럼 청춘의 시련이 있기에 인생은 더욱 견고해집니다. 힘듦은 힘든 대로, 시련은 시련대로, 외롭고 힘든 이 시대를 사는 청춘들이 방황을 잠시 잊고 희망을 품을 수 있도록 《눈물 뚝, 배시시》가 응원합니다.

아프고 뜨거운 청춘이여, 오늘의 힘듦이 내일의 희망이 되기를!

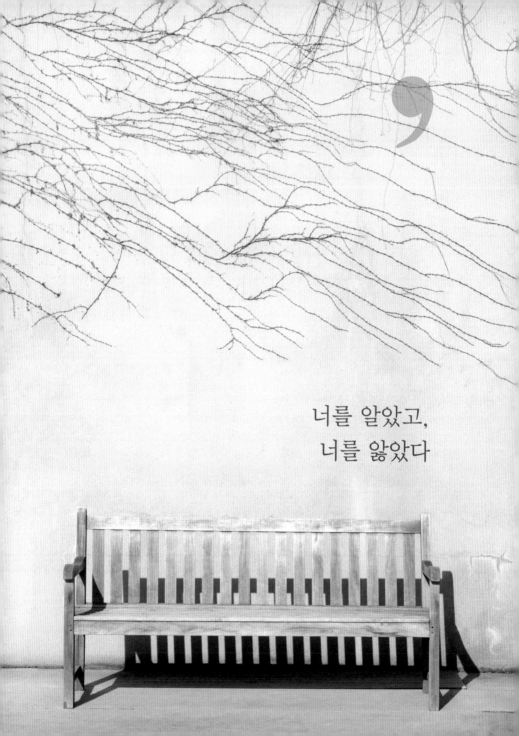

너를 알았고,
너를 앓았다

욕심인 거 알지만,

정말 나한테 미쳐서

나만 바라봐주고,

나만 좋아해 주는 사람이

있었으면 좋겠다.

"사랑해, 네가 제일 예뻐."

언제 들어도 설레는 기분 좋은 말.

너는 충분히 아름답다.

사랑하고 싶어졌다.

보고 싶으면 만날 수 있고,

챙겨주고 싶을 때면 무엇이든 챙길 수가 있고,

아플 때면 보살펴줄 수 있고,

지난밤 꿈에는 왜 찾아와주지 않았느냐는

낯간지러운 투정도 스스럼없이 뱉으면서.

나는 너를, 너는 나를

나의 사랑이라고 칭하며,

인생의 일부분을

서로의 손에 쥐여주는 그런 일을.

그런 사랑을.

아침에 일어나면

그 사람으로 기분 좋게 하루를 시작하고,

오늘 일상을 서로 소소하게 얘기하고 귀 기울여주고,

서로 얼굴을 마주 보며 밥도 먹고,

벤치에 앉아 서로에게 힘든 점들을 들어주고,

괜찮다고 위로도 해주고,

저녁엔 졸린 눈을 비벼가며
설레는 마음으로 카톡 답장을 하면서
하루를 기분 좋게 마무리하는 그런 연애,
나도 하고 싶다.

어쩌면 아니길 바랬나 봐.

얼마 전부터 밤낮으로 날 괴롭히는 두근거림.

덕분에 나, 어제는 한숨도 못 잤어.

너는 다가오는 봄보다 따스했고,

불어오는 바람보다 시원했으니

어찌 내가 모른 척 지나갈 수 있을까.

친구로 보이던 네가 어느 날부터 이성으로 보였다.

가만히 있는 다면 얻는 건 없어.

고 할 것인가,

백 할 것인가.

‘너와 나’라고 쓰고,

‘우리’로 읽는다.

달랐던 우리가,

닮아가 우리가.

눈을 감아도 그대가 보여.

귀를 막아도 그대가 들려.

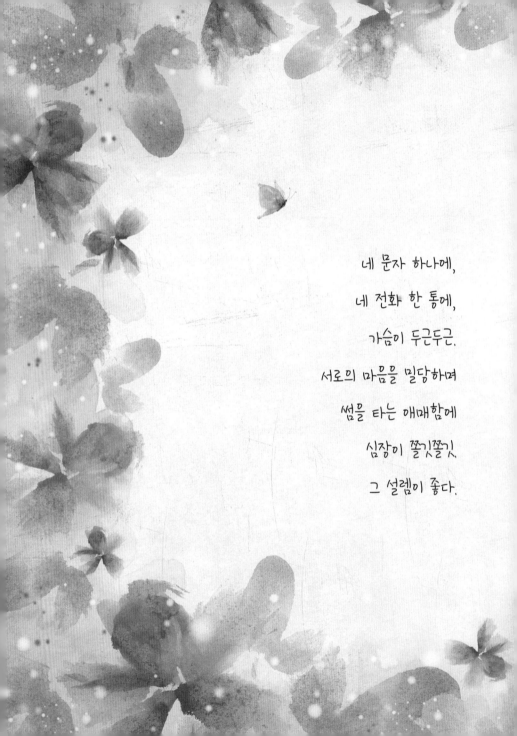

네 문자 하나에,

네 전화 한 통에,

가슴이 두근두근.

서로의 마음을 밀당하며

썸을 타는 애매함에

심장이 쫄깃쫄깃.

그 설렘이 좋다.

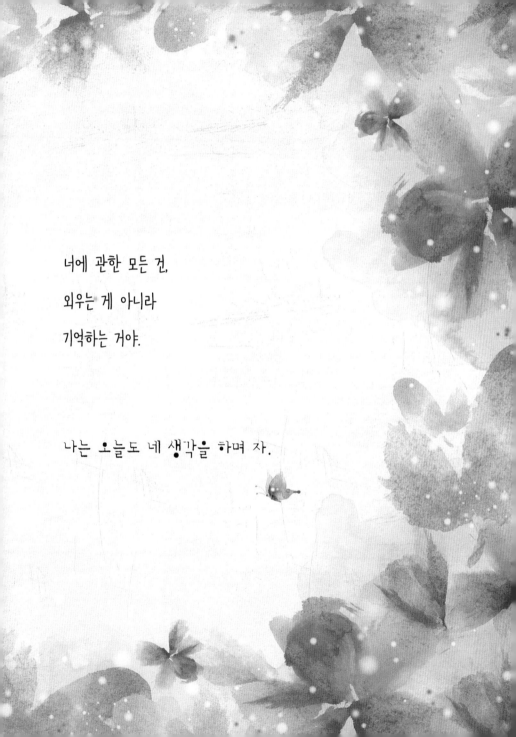

너에 관한 모든 건,

외우는 게 아니라

기억하는 거야.

나는 오늘도 네 생각을 하며 자.

많이들 하는 말이지만, 역시 사랑은 타이밍이다.

언제 좋아한다는 표현을 해야 하는지,

언제 멈추어야 부담을 느끼지 않는지,

그 모든 것을 고민하고, 생각하며, 행하지 않아도

모든 것이 완벽해질 때

우리는 그것을 "타이밍이 맞았다."라고 말하며,

다른 말로 "우리는 인연이구나."라고 정의한다.

내 타이밍은?

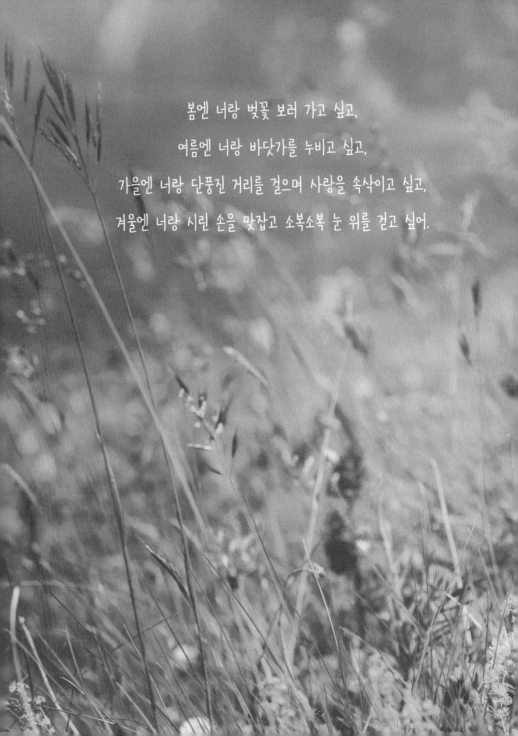

봄엔 너랑 벚꽃 보러 가고 싶고,

여름엔 너랑 바닷가를 누비고 싶고,

가을엔 너랑 단풍진 거리를 걸으며 사랑을 속삭이고 싶고,

겨울엔 너랑 시린 손을 맞잡고 소복소복 눈 위를 걷고 싶어.

네가 있어서 행복했고,

네가 있어 행복하고,

네가 있어서 행복할 거야.

우리 그런 사랑해요.

다른 사람 말 필요 없는,

서로의 마음이 전부인,

그런 하나뿐인 사랑해요.

이 좋은 봄날에.

스치듯이 지날 거면
다가오지 말지

권태기.

헤어질 때가 된 게 아니라

더 껴안고,

더 사랑하고,

더 가까워질 때가 된 것.

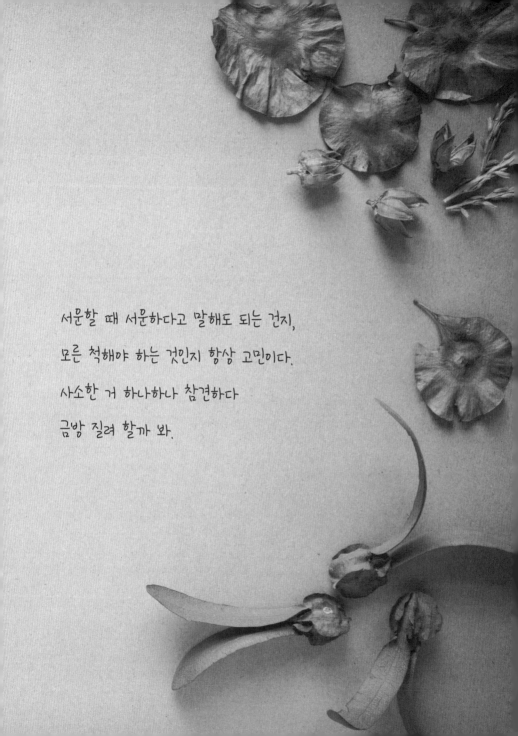

서운할 때 서운하다고 말해도 되는 건지,

모른 척해야 하는 것인지 항상 고민이다.

사소한 거 하나하나 참견하다

금방 질려 할까 봐.

너랑 내가 이렇게 틀어질 줄 몰랐어.

보고 싶었다고 말할 수도 없을 만큼

이렇게 남이 될 줄 몰랐어.

바람이 스쳐가듯

우리의 사랑도 스쳐간다.

아직은 적응되지 않는 이별이라는 단어와,

그 단어 옆에 붙어 있는 네 이름.

너는 그곳에 어울리는 사람이 아니라며 너를 지우려 했는데,

이제 어느 곳에서도 너를 볼 수가 없구나.

어울리지 않아도, 내가 이기적이라도, 조금만 더 있어 달라고

네 이름 끝 받침이라도 붙잡아 매달리고 싶다.

지우기에는

너무 예쁘고 아름다웠던

너와의 시간들.

네가 내 마음에 들어왔을 때

어린애처럼 좋아하고 마냥 기뻐하기 전에

들어온 네가 나가지 못하게

문부터 닫아놓을 걸 그랬어.

좋았던 거면 추억이고,

나빴던 거면 경험이다.

난 아직도 너를
보고 싶고,
걱정하고,
기다리고,
사랑한다.

보고 싶고,

보고 싶다.

보고 싶어.

보고 있니?

보고 있지?

나 많이 너 좋아했었나봐.

좋아하는 감정은 참 신기하죠.

구름같이 언제나 떠 있고, 사라질 수 있으니까.

'사랑해.', '좋아해.', '보고 싶어.'
이 몇 마디가 어려워서
문자를 썼다 지웠다를,
전화를 걸다 끊다를,
너를 생각하다 지웠다가를,
오늘도 무수히 많이 해.

너와의 연락으로 잠 안 자던 밤이

너의 연락을 기다리며 잠 못 자는 밤이 되다.

난 너만 봤는데,

넌 너만 보는 구나.

가장 편하기에
진심을 꼭 전해야 할 사람

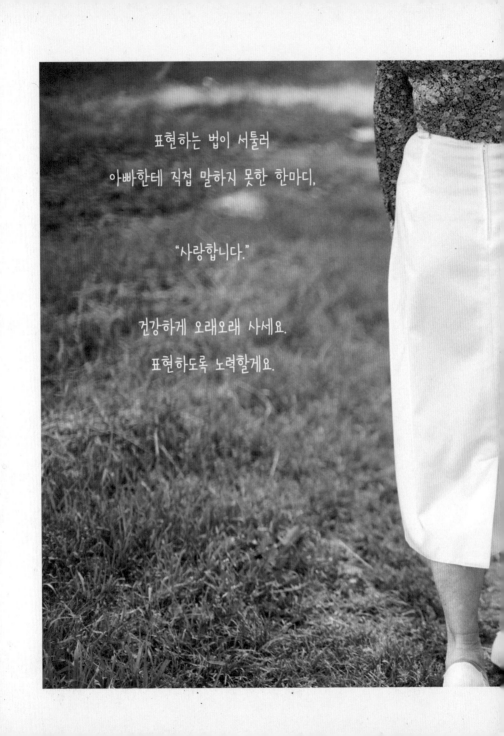

표현하는 법이 서툴러
아빠한테 직접 말하지 못한 한마디,

"사랑합니다."

건강하게 오래오래 사세요.
표현하도록 노력할게요.

엄마.

언제 들어도 마음 아프고

미소가 번지는 사람.

인생이라 쓰고,

아버지라 읽는다.

누군가의 한숨,

그 무거운 숨을

내가 어떻게 헤아릴 수가 있을까요.

당신의 한숨, 그 깊이를 이해할 순 없겠지만

괜찮아요, 내가 안아줄게요.

당연하지 않은 것들을
당연한 것처럼 느끼도록,
내 몸이 지쳐도
우리 아들은 모르도록,
내 몸이 다쳐도
우리 딸은 모르도록,
아빠는 괜찮아.
아빠는 일이 좋아.

우리의 아버지.
나의 아버지.

우리는 부모님에게 넘치는 사랑을 받으면서도

외롭다는 말을 입에 달고 산다.

사랑과 인연은 멀리 있는 것은 아니다.

남자친구 혹은 여자친구가 없다 하여도

외로워하지 말자.

가족의 사랑이 우리를 지켜주고 있으니

애타게 인연과 사랑을 찾을 필요는 없다.

그는 햇빛이 쨍쨍해 뜨거운 날엔

날 위해 나무가 되어 그늘을 만들어 줄 것이고,

그는 바람이 차갑게 부는 날엔

날 위해 옷가지가 되어 나를 감싸줄 것이고,

그는 황사가 불어 모래가 날리는 날엔

날 위해 마스크가 되어 대신 막아줄 것이고,

그는 비나 눈이 쏟아지는 날엔

날 위해 우산이 되어 대신 젖어주는

그런 사람입니다.

'소녀'라는 꽃은

'어머니'라는 이름으로 시들고 말았답니다.

엄마에게도

엄마만의 인생이 있었으면······.

엄마 아빠의 딸이라서, 아들이어서 정말 감사해요.

가족이라는 당연함에 소중함을 자꾸 잊게 되네요.

지금처럼 오래오래 버팀목이 되어 주세요.

언제든 다시 일어날 수 있도록······.

가족이라서 가장 하기 힘든 말,

"사랑해."

가족이라서 가장 힘이 되는 말,

"사랑해."

우울한 마음 떨치려 친구들을 만나

한바탕 신나게 웃었다.

환하게 웃으며 친구들과 헤어진 순간부터

난 또 혼자가 되었다.

"잘 있는 거야? 밥은 먹고 다니고?"

엄마의 전화 한 통에 눈물로 지샌 그날 밤.

미안해, 엄마 아빠.

그리고 고마워요.

그냥 우리 아들딸,

아프지 말고, 지금처럼만 건강했으면.

그게 엄마 유일한 소원이야.

이젠 나도 알죠, 아빠의 마음을.

항상 내 편이셨던 그 마음을……

저는 당신이 아프지 않았으면 합니다.

울고 있는 당신의 눈물, 닦아주진 못해도

아프지 않았으면 하고 기도하곤 합니다.

타인의 삶을 살아주며,

타인의 아픔마저 자신의 슬픔인 양

모두 끌어안아 서럽게도 슬퍼하는 당신이

이제는 더 이상 아프지 않았으면 합니다.

나를 꽃피우기 위해 거름이 되어버렸던

그을린 그 시간을 깨끗이 모아서

당신의 웃음꽃 피우길 기도할게요.

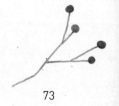

괜찮다고 먼저 말해줄 수 있는
무조건적인 내 편

조금 늦는다고 속상해하지 마.

지금 하면 되는 거야.

널 응원해주는 누군가가 있어.

할 수 있지?

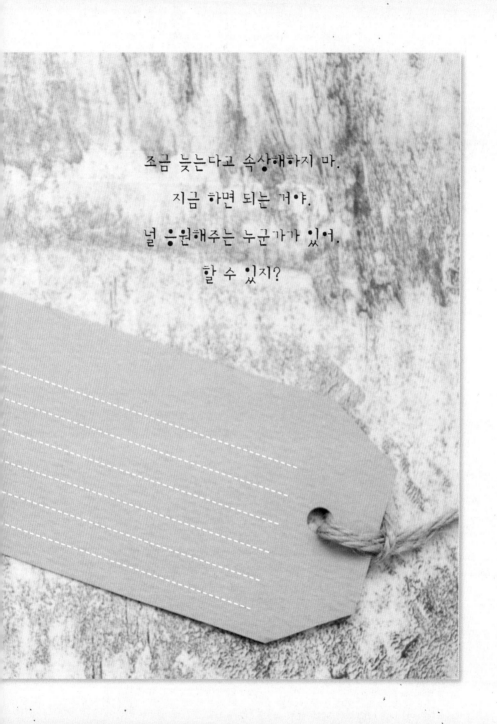

십년지기,

유일하게 속마음 털어놓는 친구 단 한 명.

우정 변치 말자. 고민 있으면 말하고.

힘내!

이기적인 것 같지만,

무조건적인 내 편이

한 명쯤은 필요한 것 같아요.

잘했다 못했다를 따지기 전에

괜찮다고

먼저 말해줄 수 있는.

오랜만에 친구들이랑

오순도순 앉아서

예전 얘기하며

웃고 떠드는 게

진짜 큰 행복인 것 같다.

내가 너무 힘들 때

집 가는 길이 가끔 먼 거리가 될 때면

초라하고 모자란 나를 그렇게도 좋아해 줬던 사람들.

나의 초라한 모습도 예쁘게 말해주던 모습이

가로등이 되어 이 거리를 비춰주네.

아무것도 필요 없고,

친구가 보고 싶다.

지금은.

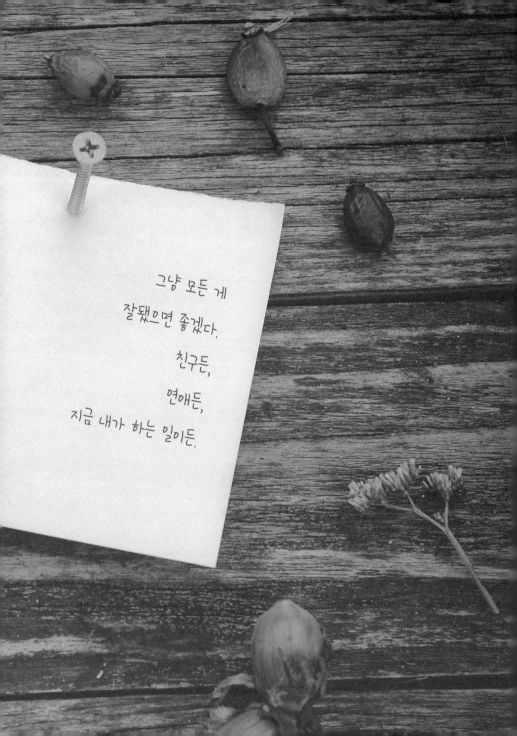

그냥 모든 게
잘됐으면 좋겠다.

친구든,

연애든,

지금 내가 하는 일이든.

나도

'써니' 주인공들처럼,

'신사의 품격' 주인공들처럼

그런 친구를 갖고 싶다.

쉬운 듯하면서도 어려워.

남들이 욕하고 손가락질해도,

내 편 들어줄 친구 한 명만 있어도

세상 살맛 난다.

힘들어도
내 인생이다

아, 진짜 되는 일 너무 없다.

취업도 안 되고 언제까지 이러고 있냐.

엄마 아빠 눈치 보이고.

26살, 하…… 하…….

너무 자기 탓을 하지 마라.

너는 잘못한 게 없으니

그러지 마라.

많은 걱정거리, 고민거리 다 내려놓고 편안한 밤 되길…….

왜 너의 인생이 힘들지 않아도 된다고 생각하는가?

힘들어도 내 인생이다.

오늘이 힘들어도 내일이라는 희망으로 버틴다.

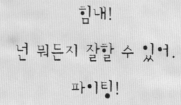

힘내!

넌 뭐든지 잘할 수 있어.

파이팅!

힘내지 않아도 괜찮아.

힘을 내지 않아도 좋아.

자기 속도에 맞춰

그저 한 발 한 발 나아가면 되는 거야.

지금도 넌 충분히 잘하고 있어.

지금 많이 힘들었죠?

앞으로는 당신에게

좋은 일들만 가득했으면 좋겠어요.

어둡고도 축축한 숲을 빠져나가면

밝고, 따스하고, 맑은

푸른 초원이 펼쳐져 있겠지?

모든 걸 다 내려놓고,

여행 다니면서

나 자신을 돌아보고 싶다.

1년 반 동안 취직 못 해 놀면서 집안일하고,

매번 엄마의 잔소리 공격에 눈치 보며

속상해서 울던 날 이제 접고,

정규직 사무직에 취직했어요.

저 잘할 수 있겠죠?

첫 출근,

파이팅!

그거 알아요?

내일이 월요일이라는 거.

괜찮아요.

금요일, 금방 올 거예요.

그립다는 건 보고 싶다는 거고,

보고 싶다는 건 잊을 수 없다는 거고,

잊을 수 없다는 건 기억한단 거겠지.

기억한다는 건 추억이겠지.

알 이즈 웰.

모든 게 다 잘 될 거야.

더 이상 그려선 안 되는 네 얼굴이

검은 캔버스 위에 그려질 때마다,

너의 가장 작은 부분들이

검은 붓으로 그려질 때마다,

나의 두 눈의 멀어 너의 모습이 멀어진다, 사라진다.

알 이즈 웰.

모든 게 다 잘 될 수 있을까.

한숨 쉬는 거는 오늘까지만.

수고했어, 오늘도.

응원할게, 내일도.

고마워, 항상 노력해줘서.

기운 내, 넌 이미 멋있는 사람이야.

걱정 마, 충분히 잘하고 있어.

괜찮아. 지금처럼만 하면 돼.

내가 원한 건,
따뜻한 위로였을지도 모른다

이렇게 아무것도 안 하고 있어도 되나 싶을 정도로

아무것도 안 하고 있지만,

왠지 모르게 피곤하고,

왠지 모르게 지치고,

또 왠지 모르게 씁쓸하다.

내일은 좋은 일이라도 있을까?

괜한 기대로 버티는 요즘.

오늘 하루도 정말 수고했어.

내일도, 모레도, 그 다음 날도

그렇게 악착같이 버텨보라고.

누구를 만나든,

무엇을 하든,

더 이상 설레지 않는다.

MOCI

그냥 괜찮다고 말해주고 싶다.

괜한 일에 예민해진 너에게,

인간관계에 지쳐버린 너에게,

누군가를 잃어 슬픈 너에게,

금방이라고, 모두 금방이라고,

괜찮다고 말해주고 싶다.

내 세상은

텅 빈 잿빛인데,

나의 눈도

색을 잃었네.

하루가 저물 때마다 항상 생각해주기를.

네가 오늘 하루 한 일은 모두 최선이었고,

단연 최고였다는 것을.

누군가는 인연을 필연으로 만들고,
누군가는 인연을 악연으로 만들며,
누군가는 인연을 우연으로 만든다.

한결같은 사람이 되자.

아름다운 사람.

그냥 문득 너무 서럽고 괴로운데,

그 감정을 혼자 참고 있는 게 힘들다.

더 잃을 게 없어서

더 힘들다.

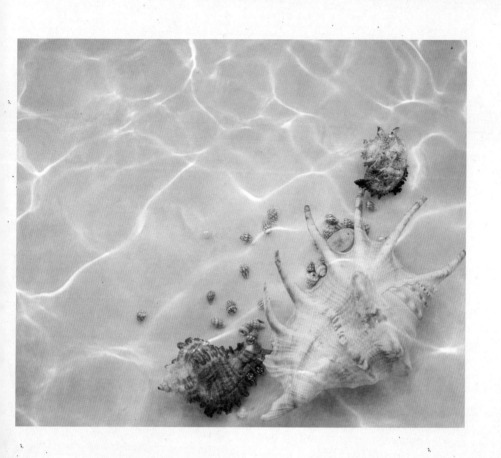

너를 믿어!

네 안에 있는 꿈과 희망, 기적을 믿어!

오늘 행복을 미루면

내일 더 많이 행복해질 거라고 누군가 말하던가요.

그렇지만 그렇게 오늘이 아닌 내일을 보며 살다가는

언젠가 끝내 행복에는 닿지 못한 채

비참히 눈을 감을 수도 있다는 사실을

우리는 모두 알아요.

그럼에도 불구하고 우리가 오늘을 견뎌내고

힘들고 지치는 순간순간을 참아내는 것은

오늘의 행복이 내일의 불행이 될지도 모르는 시대를

살아가고 있다는 것을

우리는 또한 알고 있기 때문이 아닐까요.

싫었으면 싫었던 거지, 경험이 어디 있겠어요.

나쁜 추억이지.

그래도 우리, 그 추억 때문에

오늘 하루 져버리지 않기로 해요.

추억에 얽매이지 말자.

출근하기 싫다고 투정부리지 말자.

누군가의 출근이 누군가에게 꿈이다.

등교하기 싫다고 투정부리지 말자.

누군가의 등교가 누군가에게 꿈이다.

사회가 두려운 걸 알기 때문에 순수했던 때로 돌아가고 싶다.

떨어지는 모습이 아름답지 않은 낙엽이 어디 있으랴.

지금 네 모습에 크게 실망하지 마라.

너는 떨어지는 모습조차 아름다운, 낙엽 같은 사람이니.

괜찮아.

나는 알아.

누가 뭐라 해도

너는 누구보다 열심히 했고,

최선을 다했다는 걸.

수고했어.

잘한 거야.

지금 이 순간에도 나는 향하고 있다, 미래로.

그와 동시에 생겨나고 있다, 과거가.

미래와 과거를 만드는 시간,

잡을 수 없다면 후회하지 않는 이 순간을 보내자.

오늘 하루도 견뎌낸 당신과 나에게

아낌없는 박수를.

그냥 주저앉아 울고 있기엔
넌 너무나 예쁜 꽃이다

내 1%를 보고 99%를 판단한다.

미련을 가져라.

마음껏 울어라.

여행을 다녀라.

경험을 가져라.

진실을 말하라.

거짓을 피하라.

시련을 겪어라.

너는 강하다. 너는 젊다.

누구든 한 명쯤은,

모든 것을 털어놓아도

조금도 불안하지 않을 만큼

내게 믿음을 주는 사람이 있었으면 좋겠다.

힘들 때 기댈 수 있는 사람이고 싶다.

내가 어떤 이에게 꼭 필요한 사람이라는 건,

당신이 정말 훌륭하다는 증거입니다.

넌 충분히 괜찮은 사람이야.

그래서 누구를 만나느냐가 중요해.

널 알아볼 수 있는 사람을 만나.

울고 싶지?

기대고 싶지?

누구든 보고 싶지?

거봐.

넌 누구보다 열심히 살았고,

지금은 조금 지친 거뿐이야.

그니깐 조금만 쉬고 하자. 응?

안 되다고 불평하지 말고

지금 네가 뭐 하고 있는지 봐.

사람은 자기가 제일 힘든 줄 알죠.

모든 기준을 자신에게 두죠.

지금 당신은 행복한 거예요.

지금 그대가 힘들고 지쳐서

꿈을 향해 달려가는 것을 포기하고 싶어 눈물이 날 때는

참지 말고 그 눈물을 흘리세요.

나중에 그대가 꿈을 이루어 정상에 섰을 때,

그 눈물들은 당신이 힘들게 달려왔던

그 길을 반짝이며 비추고 있을 거예요.

힘들면 울어도 괜찮아요.

잠시 누군가에게 기대 쉬어도 괜찮아요.

다만, 꿈을 향해 달려가세요.

포기하지 마세요.

힘내요!

텅 빈 채로

깊어지기만 하는 상처.

아무것도 흘러나오지 않던 그곳에,

아무것도 가지지 못한

가난한 것이

서서히 차오른다.

아무도 가지지 못한

외로운 것이

한 방울, 내려온다.

차가운 손에 한 방울,

그 쓸쓸한 것이

보기보다 따뜻하구나.

너의 힘든 시간까지
사랑해야 하는 것,
그게 인생이다.

요즘 따라 생각도 많아지고,

괜히 사소한 거에 연연하게 되고,

혼자 있으면 우울해지고,

겉으로 티를 내진 않지만

마음속은 복잡하고,

정말 누가 좀 고쳐줬으면……

실은, 시간이 갈수록 괜찮지도 않은 것에

괜찮다 말하는 경우가 참 많아졌다.

완벽한 거짓말도 진실이 될 수 있는 세상이다.

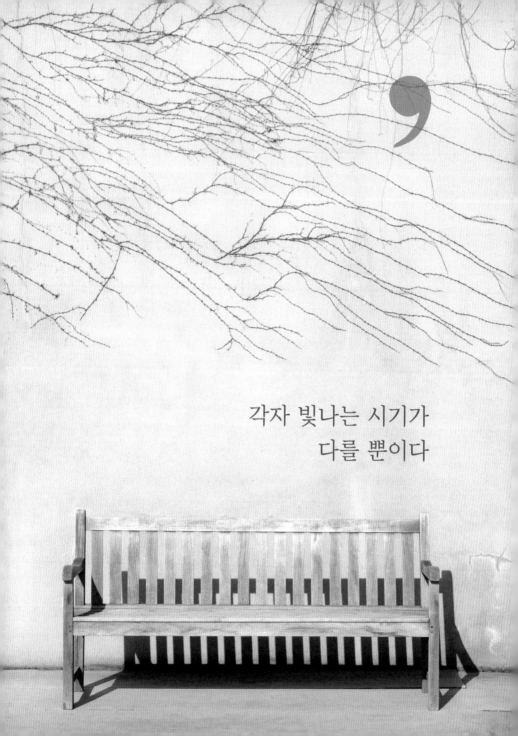

각자 빛나는 시기가
다를 뿐이다

쌓인 건 많은데 누구에게도 말을 못 하겠고,

그렇다고 나 혼자 감당하기엔 너무 힘이 들고,

항상 아무렇지 않은 척, 괜찮은 척.

솔직히 요즘 하루하루가 다 걱정이다.

언제쯤 걱정 없이 편하게 잘 수 있을까……

아주 많이 힘들었겠구나.
몰라줘서 미안해.

이리도 힘들었던 하루를 웃으면서 버텨주어서

한편으론 미안하고, 한편으론 눈물 나도록 고맙다.

그대, 행복한 내일을 기대하기는 힘들더라도

오늘보다 더 나은 내일을 위해

오늘도 편한 잠자리에 들기를……

다른 사람이 큰 병에 걸린 것보다

내가 방금 종이에 베인 손이 더 아픈 법이라고.

우리는 모두 조금은 이기적이고,

자기중심적일 수밖에 없으니까.

내가 어떤 일로 힘들어하거든, 그냥 그런가보다 하세요.

당신한테는 별것 아니고,

'내가 더 힘든데, 쟤는 왜 저러지?' 할지 몰라도

그게 내 안에서 자라는

가장 큰 병일 수도 있는 거니까.

힘들다면 그건 그냥 지나가는 구름일 거야.

그러니까 포기하지 말고 힘내서 견뎌봐.

그리고 항상 긍정적인 생각만 해.

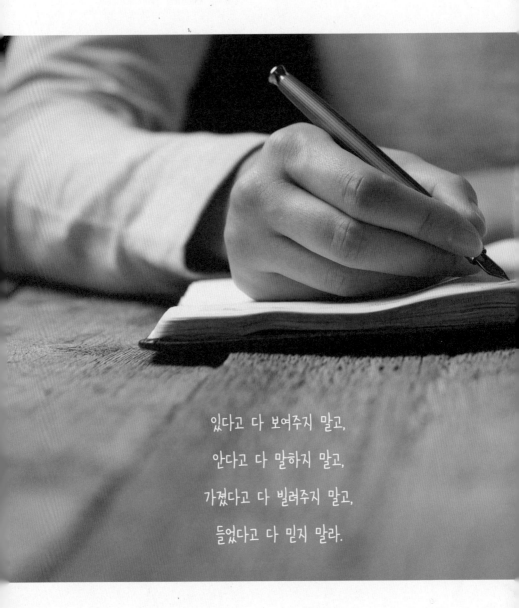

있다고 다 보여주지 말고,

안다고 다 말하지 말고,

가졌다고 다 빌려주지 말고,

들었다고 다 믿지 말라.

어른이 된다는 것은,

단순히 나이를 먹는 것이 아닌

모든 일에 자기 스스로 책임질 수 있는 것이다.

오늘 하루 힘들어했을 당신을

하루 종일 생각했다.

일에 치이고, 사람에 치이고,

늘 반복되는 똑같은 일상에

고생하는 당신에게

오늘같이 날씨가 추운 날,

꼭 위로해주고 싶었다.

오늘 하루도 버텨줘서 고맙다, 정말.

차라리 몰랐다면 행복했을 것들이 너무나도 많다.

정작 중요한 건 내가 변하지 않는 것,

그것뿐이다.

꿈을 이루고 싶다면 꾸물거려선 안 돼요.

꿈은 도망가지 않아.

늘 도망가는 건 너일 뿐.

과거는 그립고,

미래는 두렵고,

현재는 복잡하다.

사랑을 위해 살기보다

사람을 위해 살자.

시간이 지날수록 사람을 만나는 일이 두려워진다.

이 사람은 나에 대해 어떻게 생각할지,

다른 사람에게 나를 어떤 식으로 말할지,

'신경 쓰지 말아야지.' 하고 넘어가는 것도 한두 번이지.

매번 반복되는 패턴에 지치는 것은 당연하니까.

노력하지 않으면 얻을 수 있는 게 없다.

별일 없는데, 아무렇지 않은 것 같은데,

왠지 모를 우울함, 간절함에

속 터지고 답답할 뿐.

뭐 이리 하나하나가

다 복잡하게 느껴지는지……

그냥 요즘 감정 기복도 심하고

예민해진 것 같다.

너무 걱정하지 마.

행복한 내일은

오늘 슬펐던 사람의 특권이니까.

바쁘게 사는 것도 좋지만, 조바심을 가지지는 말아요.

가끔은 아무것도 하지 않고 쉬어가는 날도 필요합니다.

내일의 나를 준비할 수 있고,

어제의 나를 돌아볼 수 있는 시간을.

그런 시간을

'낭비'라는 단어로 폄하하지 마세요.

익숙함과 당연함에
물들지 않기를

꿈에서라도 나타나주라.

너무 보고 싶어 미칠 거 같아.

꿈속이라도 괜찮으니까

우리 다시 만나.

긴 꿈을 꾸었다.

그 꿈에서 너와 나는 아주, 아주 많이 행복했다.

깨어나기 전까지······.

그냥 처음으로 돌아가고 싶다.

다시 만나면 과거의 상처들,

그때 그 아픔들,

모두 내가 책임지고 다 가져갈게.

내가 꼭 상처, 아픔 치유해줄게.

돌아와, 얼른.

내가 꼭 안아줄게.

새하얀 눈꽃도 너랑 봤는데,

연분홍 벚꽃도 너랑 보겠다.

봄이 너에게로부터 왔다.

처음 그 예쁜 마음들을 잊지 말기를.

익숙함과 당연함에 물들지 않기를.

마지막까지 서로의 곁에 서로이기를.

뒤돌아보면 내가 있는데,

앞만 보는 바보 같은 너를 다른 이에게 뺏겨버리니,

그제야 뒤가 아니라 앞이었음을 이제야 깨달으니 ,

정말 바보는

나구나, 나였어.

너와 세상에서 가장 가까운 사람이라 생각했는데,

너와 세상에서 가장 먼 사람이었다.

세상에 평등한 관계는 없다지만,

적어도 한쪽이 다른 한쪽을

받쳐주는 관계는 아니어야지.

나를 찾는 이유가,

내가 필요해서가 아니라

내가 보고 싶어서였으면 좋겠다.

누군가를 좋아하는 그 느낌은 말로 표현할 수 없다.

내가 너의 모든 걸 이해하는 건

널 사랑해서야.

바라만 봐도 설렘이 있어.

생각만 해도 설렘이 있어.

그냥 바라만 봐도 설레이지.

사랑한다는 건

내가 좋아하는 것을 포기하는 것.

당신, 사랑이라는 말이 참 쉬웠지.

그렇게 쉽게 뱉어내는 사랑한다는 말에도

내 마음은 어느새 당신 손에 쥐어있었어.

나도 사람이거든.

나도 사랑받고 싶었거든.

지키지 못할 말은 애초에 뱉지 않는 것이 좋다.

한 번 뱉은 말을 주워 담는 일은 언제나 힘든 법이니까.

네 처음이 나였으면 하는 기대는 하지 않을게.

그냥 네 마지막이 나였으면 좋겠어.

진짜 모든 게 처음인 나에게

너무나 과분하고 설레는 처음을

선사해줘서 정말 고마워.

남자친구도, 스킨쉽도, 꽃다발도, 이벤트도, 해외여행도

그 밖에 많은 일들이,

다 오빠랑 처음 해보는 것들이,

정말로 행복하고 즐거운 나날이었어.

정말 많이 사랑해.

앞으로도 늘 즐겁고 행복한 사랑 하자.

처음부터 완벽하게 맞는 마음은 없다.

마음이 맞지 않는다면

서로 조금씩 숙이며 맞춰가면 되는 거고,

마음에 담아놓은 일이 있다면

털어놓고 해결하면 되는 거고,

사랑이 식어가는 것 같다면

맞잡은 손을 조금 더 꽉 잡으면 되는 것이다.

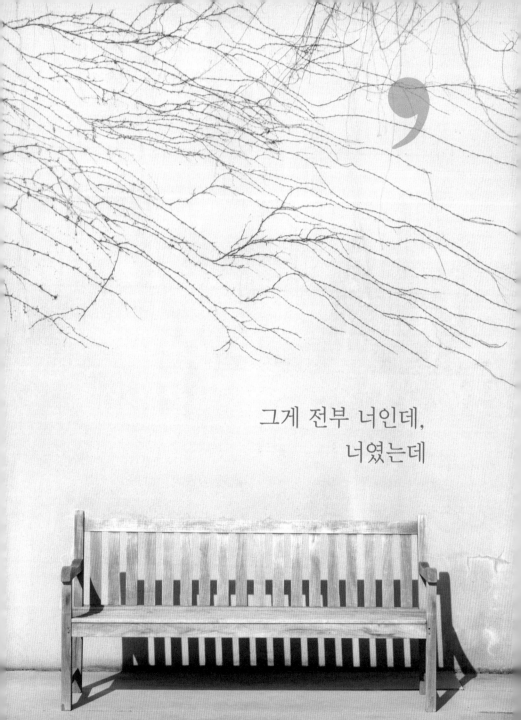

그게 전부 너인데,
너였는데

다른 카톡이 아무리 많이 와도

네 카톡 하나 오는 게

제일 행복해.

소중한 사람 한 명,

사랑한 사람 한 명,

보고픈 사람 한 명,

그게 전부 너인데, 왜 몰라줄까.

보고 싶다는 말 한마디가

이렇게 어려운 것인 줄 알았다면

표현할 수 있을 때 조금이라도 더 말해줄걸.

사랑할 때는 사랑한다고,

아플 때는 아프다고,

슬플 때는 슬프다고.

내 감정을 표현하는 일에 겁내지 말걸.

너의 향기에 취해

두 눈 감아 미소 짓는

나는 주정뱅이.

너는 내 취향 저격.

너에게 취한 저녁.

너는 나를 싫다 했지만

나는 너를 사랑했고,

너는 내가 다른 남자를 만나길 바랬지만

나는 네가 다른 여자를 만나지 말았으면 해.

너는 내가 이 행동들을 후회할 거라 했지만

나는 네가 한 행동들을 후회할 거라 생각해.

그 어떠한 사랑에도 답은 정해져 있지 않다.

말도 안 되게 아름다운 너를,

말도 안 되게 내가 가졌으니,

말도 안 되게 내가 잘해줘야

말이 되지.

너의 이름을 쓰고 지우고,

쓰고 지우고를 반복하니

종이가 헐거워졌다.

내 마음이 보였다면

이 종이 같겠지.

그대와 나는 영화 같은 사랑 말고

그저 언제나 서로 곁에 있는 사랑 해요.

영화 속에 나오는 시련을 겪게 된다면

당신의 약한 마음이 부서져

나를 떠나갈까 걱정되니까요.

네가 봄이면 나는 꽃이고 싶고,

네가 가을이면 나는 낙엽이고 싶어.

네가 무엇이든 나는 너와 함께이고 싶어.

언젠가
날씨 좋은 그 날이 오면
우리,
돈가스 먹으러 가요.
어색했던 처음 그 날처럼

'안녕'이라는 말이 '사랑해'라는 말로 바뀌는 시간.

보고 싶다고

생각하고,

말하고,

외쳐봐도

볼 수 없겠지.

이젠······.

보고 싶었다고 연락할 용기는 없고,

'좋아요'를 누를 용기는 있더라.

그대는 달도 아닌데 자꾸 떠오르네요.

그대는 꽃도 아닌데 항상 활짝 웃네요.

소나무 같은 그대가 보고 싶네요.

처음처럼, 그대도 처음인가요?

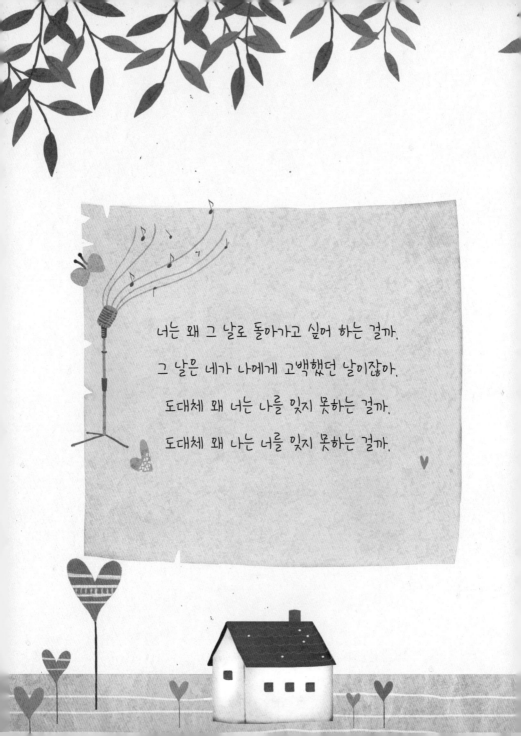

너는 왜 그 날로 돌아가고 싶어 하는 걸까.

그 날은 네가 나에게 고백했던 날이잖아.

도대체 왜 너는 나를 잊지 못하는 걸까.

도대체 왜 나는 너를 잊지 못하는 걸까.

노래를 들을 때면

그 노래에 맞는

나만의 뮤직비디오가 흘러지나 가더라.

너와의 추억들로.

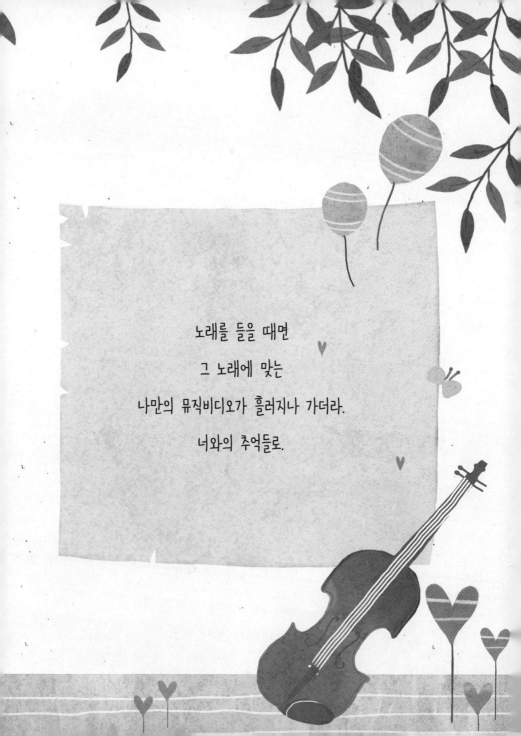

나의 온 신경은 너였는데, 너는 아니었구나.

어렴풋이 짐작은 했지만, 오늘로 확실해졌어.

용기가 부족한 내가 부족해서 이런 거지,

다른 탓은 하지 않을게.

고마웠다, 그래도.

네 덕분에 나는 더 변할 수 있다는 걸 알았어.

진심으로 좋아했고, 좋은 추억이었다.

안녕.

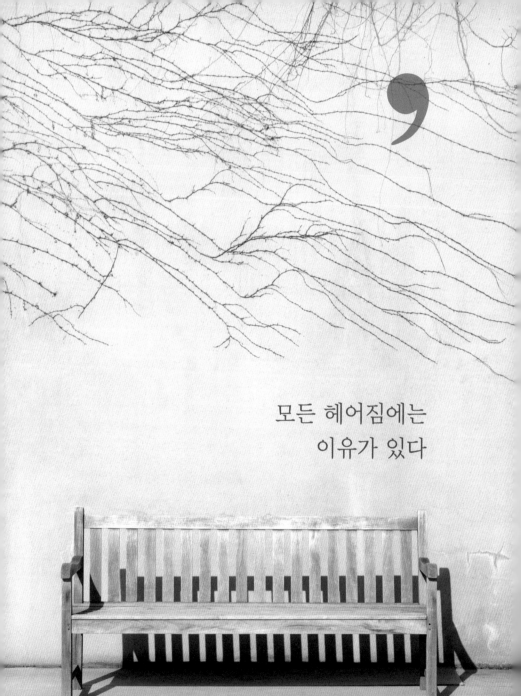

모든 헤어짐에는
이유가 있다

뜨겁게 불타올랐다가
금방 차갑게 식어버리는 것은
사랑이 아니야.

끝을 시작으로
다시금 혼자라는 게 슬퍼지면,
난 또 끝을 바라보며
새로운 시작을 준비하겠지.

만남이 있으면 헤어짐도 있어요.

그리고 또다시 다른 누군가를 만나게 되죠.

실수 한 번에 무너질 인연이 어디 있나요.

스쳐 가는 사람이에요.

너무 마음 아파하지 마요.

지금 옆에 있는 사람,

힘들다고 버리고

익숙하게 생각하지 마라.

이 사람에게 빨려 들어갔던

그때를 다시 한 번 생각해봐라.

현재 내 모습을 좋아해 주는

사람의 마음을 아프게 한다면

너도 언젠간 똑같이 벌 받는다.

그리고 후회한다.

지금의 나처럼.

내게 더 큰 존재가 될 수 있는 사람을

사소한 감정으로 놓치는 일 없기를.

좋은 사람은 찾는 게 아니고 만드는 것이며,

나쁜 사람은 찾는 게 아니고 나타나는 것이다.

너를 사랑하는 만큼

나 자신도 사랑해야 한다는 사실을 깨달았다.

나를 먼저 사랑해야

너를 온전하게,

그리고 불안하지 않게 곁에 둘 수 있다는 사실을.

늘 작은 바람에도 온 마음이 흔들리는

갈대 같은 사람이

어찌 너를 품에 안고 버틸 수가 있을까.

지나간 상처가 두려워

다가오는 기회를 못 본 체하기엔

너는 아직 너무 젊고,

할 수 있는 것이 너무 많다.

지난 실수나 아픔은 잊고,

황홀한 현재를 살아가기를……

"예쁨 받으면서 예쁘게 잘 살아."

나에 대한 마음이 커지지 않아

붙잡는 나를 힘들게 떼어낸 남자의 마지막 말.

이 말을 마지막으로 난 더 이상 그를

잡지도, 원망할 수도, 미워할 수도 없다.

언젠가 용기 내서 다시 만날 수 있을까.

나를 떠나 웃으라고 했는데,

떠난 너는 울고 있구나.

너를 보낸 아픔을 미루고

너의 행복을 보는 것만이

유일한 나의 행복이었는데······.

내가 너에게 준 마음을

돌려받지 못한 탓인지,

네가 나에게 준 마음을

돌려주지 못한 탓인지,

멀리서,

너무나 멀리서

서로 바라보고만 있구나.

일부러 많이 웃고,

일부러 잘 지내는 척,

일부러 너 잊은 척.

내가 웃고 말할 수 있는 상대가

너였으면 좋겠다.

어제도 내일도, 오늘도

보고 싶어.

돌이켜보니 나는 너의

아무것도 아닌 말에 설레었고,

아무것도 아닌 말에 상처받았고,

아무것도 아닌 말에 웃었고,

아무것도 아닌 말에 울었다.

내 손을 잡고서

내 옆에 앉아

내 목소리를 들으며,

내 어깨에 몸을 기대어

눈물을 흘리는 그대의 모습보다,

나보다 더 나은

낯선 이의 손을 잡고

행복해하는 모습이,

웃는 모습이 보고 싶어

그대를 띄워 보냈는데,

어떡하죠.

어떻게 하죠.

네가 떠나고

나는

그리워했고,

괴로워했고,

외로워했다.

그대를 보고 있는 저는 어떡하라고

그렇게 말도 안 되게 예쁘랍니까.

사랑은,

미뤄두고 한 번에 할 수 있는

초등학교 방학 숙제 같은 게 아니에요.

숙제도 한 번에 하려 하면 힘이 드는데,

사랑은 오죽하겠어요.

늦지 않게 사랑하세요.

어떤 관계를 끝맺을 때,

그 매듭을 확실히 묶지 않으면

언젠가 그 끈에 발이 걸려 넘어져

눈물 나게 아픈 날이 올 거예요.

끝난 인연은 확실하게 끝맺을 줄도 알아야 합니다.

눈물 뚝,
배시시

초판 발행 2016년 5월 25일 | **초판 인쇄** 2016년 5월 16일

글 MOCI

펴낸이 정태선
기획·편집 안경란·정애영 | **디자인** 한민혜 | **마케팅** 김민경
펴낸곳 새.를.기.다.리.는.숲(자매사 파란정원) | **출판등록** 제395-2010-000070호
주소 서울시 서대문구 모래내로 464 2층(홍제동) | **전화** 02-6925-1628 | **팩스** 02-723-1629
홈페이지 www.bluegarden.kr | **전자우편** eatingbooks@naver.com
종이 세종페이퍼 | **인쇄** 조일문화인쇄사 | **제본** 경문제책
ISBN 979-11-5868-075-6 03810

새.를.기.다.리.는.숲 출판사와 MOCI는 이 책의 수익금을 아동복지단체 홀트아동복지회에 기부합니다.